詩集

記憶と啓示

諸井　朗

〈目次〉

序・応誦《おうしょう》

託されたノート風の冊子
父母のこと闘病の様子
予見と覚悟の前に竦《すく》んで
返す言葉がなかった

不定が横滑りする日々
重なる懸念の知らせ
予感にせき立てられ
言葉を探し続ける

頁を閉じ目を瞑《つむ》る
消え残る声と面影

幼時の人々が現れる
忘れていた瞳の光

芋の葉の銀の水玉と
出来物と愁訴《しゅうそ》と蟯虫《ぎょうちゅう》
冬空の唸り声無人の家
言葉　見つけた言葉

クズ湯の空

クズ湯の空へ
泳ぎ昇ると
足下に広がる
錆びた街の風景
家にも通りにも
人がいない
道路に張り付く
人型の布ぎれ
知らぬ名の名札
自分の名を見て
見ぬふり

自分のい無い世の郷愁

亡父の落書きが残る壁
の屋敷が埋まる道路
生まれるべきでなかった鳥は
言われるべきでなかったのか
死者の舌を返しに来る鳥
お前の声は蔓草《つるくさ》に絡む

だれかが
抱きしめて形作り
言葉を貼り付けて
輪郭を定める
のでなければ

こころとからだが
溶け出してものと
混じり合う

菜園の苺の花の
芯に覗く視線
夜の戸口の気配
溶け出していく

放置されて
裏庭に立つ
見える物は

言える物ではない

息苦しい風に
せかされて
思い出すことが
あるらしい
ことに気づく
言葉がきざすと
光が押しつぶす

貴方の名は風に溶ける

その名に添う
眼差しに浮かぶ
なだらかに

首筋をたどる
後れ毛の光
ぬえの丘

博物転生

眼差しから
幹が分かれ
枝は尽きて
葉叢《はむら》の間に
空のかけら
風に散る光
目を閉じると
森が見える
もやを越えて
見下ろす樹々
わたしが埋まる
窪地に群れる

わたしたち
したわしい
たましいた
わしたまし

あの子はどこへ行った
ほとんど少女のような
北枕の老母に添い寝の朝
突然立ち現れて
天井を抜け空へ
けけと叫びながら
あれは

樹に木の葉が燃え

脳に言葉が生える
　アマリリス
　咽頭の充血
　在りの隙間
　秘密の入り口
　花粉にまみれる
　草色のクモ
　迎えが来る
　大うばでなく
　ちちははでなく
　あのもの達
　山の端の
　椎の木立の
　草の窪に

葉茎は溶け
花芽は腐る
ふむす根の
微塵の命
紡ぎ出す
菌糸銀糸
潜り込み
絡み合い
織りなし
樹木を乗せ
こだまし合う
地底から
樹冠へ

ゆらり鹿の子

祝う山は
はぶる山
草木の間に
透かし見る
歌垣昔語り
笑う山は
呪う山
使いは去る
兎の湯浴み
羽化の木霊
深い唸り声
向かい合う舞台

賑わう薄明かり
山のうろ隈《くま》に
口を開ける
苦界の深み
昇り来る
うあはみ　うあはむ
疑いは鈴なり
万作の枝をつぎ
迎えの山
うかがみ山
おりおうりう
ゆかし島影の
一つの海を去り
藻の花白い川をたどる

燃える岩山を仰ぎ
水分け山を下る
鵜飼いの小屋
大茅《おおがや》の寝屋
赤い眼の魚
淵に潜み
かづく子の
丈に迫る
ふつふつたり
ふたなりの
潮の流れ
泡の浮島
ほびとの浦
生える草屋根

狐の婿入り
昏《くら》い灯明
ねだは腐り
踏み抜く棘
抜かりなく
快活な栗鼠《りす》
その日の具合で
誘拐は断念
兎は耳で一羽
毛糸の帽子は目深に
ねこさまねこさま
あの子は許されて
眠りに落ちます

春に薄着で

俺は歩く墓標だ
九歳で死んだ子を
海馬か扁桃体辺りに
抱き続けて今に至る
泡の浮く暗渠《あんきょ》の底に
捨ててくれれば良かった
当てのない道行き
コモロ岬の高台
黒髪草は湿る
海原は乳白
お前の不在が
記憶を突きほぐし

かけらを鳥が啄《ついば》む
聖堂前の舗石は濡れ
ひっつめ髪の天使が
　疑いの眼を上げる

駅前の別れ
握り返す手
海へ至る道
氷雨の粥
低い雲
水葬の幟《のぼり》
客室に一人
船の腹の中で
負債を点検する

干し草の中の折れ釘

私たちは四人だった
四人でやる牧歌
お前があの子と行くなら
私にこの子を残せ
私はあの子を想い
おまえはこの子を想う
そうウィアイブン
私だけがかつて
楽園にもいた
また煉獄《れんごく》にも
天空の調和を仰ぎ
音響の階調を予感し

無知のまま
北向きの窓の下に
取り残されて
血だらけの爪で
夢想を掻き出す
手のひらに描く
五三三二四二四
私はあの子でも
この子でもなかった
知性に飢えて
頑なに痩せた心を
見いだす者は
いなかった

隠れた泉

森の中の廃屋
枯れたまま立っている
何百年か　兄と妹
切符切りに雇われの
大鎌の男が言う
死は暗黒でも
暴虐でもない
死は理の当然で
公明正大である
死がなければ
宇宙も自然もない
常に苦しむと言う

リュート弾きが歌う
甘き死よ来たり我を抱け
友は皆世を去りあの世に眠る
だが死んだ叔父に浜で会った
などと言う者には用心せよ
耳に生える茸を用意せよ
怪異を畏れる向きには
名号を岩に刻むこと
桐絵霊尊祖和可
土那栄巣把気無
むらおさの末
畑岡の一人娘は
ミツチの婿を取る
亡びた世のうろに

散り残る鱗片
　暮れる空に
響き終わる倍音
　やあたの頭《かしら》
　ななうねの身
あなたの中に残る
密かな微かな印し
首に下がる鈴の音
遠くから聞こえ来る
泉を掘り起こせと
髪の如き水草を
流れに揺れさせよ
我はそこに憩うと

野の二人

荒れ野の果てに
樺の枝葉は垂れ
潰れた草花は
しとねの跡か
　小鳥のほかには
　だれも見やせぬ
小鳥はだれにも告げはせね

おれたちだけが
のんびり見てた
低い林の向こう
曇る空に昇る煙

小鳥のほかには
だれも見やせぬ
小鳥はどこにもおりませぬ

そよ風吹いて
うなずく花々
揺れる花びら
三つ葉の黒い
　小鳥のほかには
だれも見やせぬ
小鳥はこの世におりませぬ

小鳥もいない
荒れ野のほとり

見えない霞が
たなびき渡る
二人のほかには
だれも見やせぬ
二人はこの世におりませぬ

丘を越えて行った二人
この上なく仲睦まじく
後ろ姿の一つになって
影は消える

フラッシュバック 1

なつかしいと思わない
そこに再びと願わない
その粗暴な男は許せない
身の内で何かが引きつる
鳥の声を聞いて耐えた
分かち合える友もいた
我を忘れ過ごす夏も
呼び出し組み直す記憶
ビンの中のジオラマ
部品は皆ことば言葉
増える瓶を海に捨てる

冬の書き割り

夜中に
音の気配
しりり
雨かと思えば
月の光が
屋根に刺さり
木々を射通す
しりり

満月の夜
獲物はどこ
見渡す限り

茅の野の末
稚児と巫女が
梅の枝をかざし
六つに連なる
星を指し示す
顔の穴の空ろの
向こうに銀河

茅が風にしりしり揺れ
花も星も千切れ飛ぶ
終わりの景色が近づくと
遠い呻き澄みわたる
よやさの　わたり川

風土廃市

畦に旗と札が立つ
魚が浮き人が倒れる
小川を田を埋める
至る所道路と空き地
従業員を箱に配置
店舗で消費し生殖
星の夜に煤塵《ばいじん》が降り
どこか肺胞が壊死する
議会対策に組合員
風土廃市の下
累々たる万霊

溶ける足跡

川面に垂れる柳の枝
　向こう岸へ行こうと
　　君の白い手が誘う
　　　浅い水に踵浸して
　　濡れた手を髪にあてる
　愚かにもためらう私
靴は靴下はと思う間に
夜の市場裏を歩いている
三年に一度の転校のせいで
もうどこか分からない土地
　町工場の背戸を抜けると
排水路脇に柳の並木道

柳通りと標識が立つ
何かを忘れている
何か分からない
ことに苛立つ
白樺でも菩提樹でもない
君が誘う向こう岸には
ソプラノ歌手の病院
北へ向かう道路
埋めたてられて
渡れない浅瀬
廃屋の軒下に幼女が
忘れていったニナ貝
見ているのは

悪い連れ

偏頭痛の老女は
朝餉の片付けの後
ラジオ小説で涙を拭いた
番組は名曲集へと移る
シューベルトが始まると
ためらわず消しに行く
違和の言葉は呪詛《じゅくそ》だった
後に楽興の時と知った
遠くへ誘う妖精を見た
瞬間の啓示　迅速な消滅
芽はむしらずとも枯れる
朽ちた芽の跡は今も残る

行き場のない七歳のオルフェオ
いつ頃から死に始めたのか
少女だった老女は
法規が定める支配
上品に成り上がる抑圧
不問自明の屈従
配慮と遠慮と断念
残された僅かな余地
持ち寄り比べ慰め妬み
言い聞かせ飲み込み諦める
女達の集いは黙して終わる
夕餉の支度が待つ
俺の稼ぎで飲む男の

歴史廃市

切腹した両親の墓
さっさと逃げるロシア兵
死んでも尽くす愚か者
まだ毛も生えとらんにのう
せっせえのせ
だれに聞いた
お宮の裏に隠れて
ちゅうちゅう鼠
一点突破つるり羊羹
宙吊りの唾の十字
次は棲息者徒競走
のうかんのうはん

ほうぁんでん
なんでんほうでん
盆暮れに集まり
飲み食いしても
言わずにいること
騒ぐ子らを叱り
眼で合図し合う
夫婦兄弟姉妹の
顔に書いてある
後でそれが何か知った
ころにはだれも
生きていなかった
せっせのせ　まちおこし

無題

天の怒りの日
水に浮く石毎に
西の空が焼ける
鴨が一羽眠る
地平の手前に暗闇
流れの岸白く
その中へ歩み去る
瀬に立つ鷺
別離より早く
眼に残照
背を丸め

欄外の記入（1）

凍る手に一本十円おでん持ち

電気屋のテレビ初場所胴震い

暮れ休みじぇたい兄兄に連れは無し
立ち見する　浮草の宿　厚着して

大鍋のうどんが一家のおかず
教団の世話で警備員しよると
あそこも夜逃げじゃったなあ

たのもしで当てたらこうてやるゆうて
一月号は今月やで間に合わん
付録が欲しいんや正月は二月号

タバコくせえ兄ちゃんすかん
中央マートでチキンライスおごってや

よう分からん面白ない

闇に映るおおたかげんごの肩の雪
橇《そり》は行く青白画面の乱れつつ
あれは自殺これは事故死の年暮れる

恐ろしい映画やなぁ
兄ちゃんもう帰ろう
真弓は美しいのう足も
ソニーもテレビ出したで
隣の茂さん入院じゃとなぁ
おいちゃんなんで飲み狂うんか
けけけき言うて恐ろしかったぁ
今度東鉄が来たらようなるわ
まんしゅういったらええのに
へえ誰に聞いた　昔のことじゃ

フラッシュバック 2

眼を眼として
口を口として
頬を頬として
初めて見つめた
恐れのない眼差しに
自分の不安が消える
一人向き合う一人
姉らしき様
嘘ついたら針千本
へびもわらう
くもさかる
春の昼間

馬も舞う
どのこねこ
このこねこ
こねこのこ
どこのこねこ
にゃんにゃのこ
このにゃんにゃのこ
こねこのにゃんにゃのこねこ
こねこのこのにゃんにゃのこのこねこ
うそついたからどくのます
うそついたからだどくますく
あたりまえについている口
我に倣え復唱せよ
あだなすいがたのあらがみ

あおいやまいのけむり
いぞくのいいえのふだ
額の絵にされこうべの山
てんしょうこうたいよう
のもはんいんばる
まんもうなんよう
ぽこぽこぱん
アンタラ　ナニシヨンネ

なきいさちる歌

いなくなった
はずの君たち
声も顔つきも
余りに鮮明で
風に溶けるような
記憶成分はない

おおカタリーナ
幽霊でも良いから
ここにいておくれ
この野地菊の岩くろに

音だけでできいて
という音が不快で
立ち上りながら
崩れ落ちる内部
に合う外がない

壊死する内面から
よだれる他人の言葉
舌はビランし
肥厚する喉

いとしこいし
エウリュディケ
ゆかしきよし

しんどくまる

ひとひき弾いては
うめく首に下がる竪琴
どこかへ行ったのではない
いまここにいないが現れる

おおカタリーナ
幽霊でも良いから
ここにいておくれ
この野地菊の岩くろに

サイバーフォン

ひーふぃー
はいふぁい
へっどせっと
へっどろっく
いやいやほん
うっつ
すくすさぶ
ぷろぷろひる
ふぁいとはいと
ひーれぞ
ねーしす
さいぼー

ねーてす
ねてぃこす
さいぼー
うっつ
うっつ
う　う
あ断線
きゅべるね
せんの切れ目が
めんの切れ目
目尻に血

欄外の記入（2）

残暑苛烈　戦終わらず　九月末

雀群れかんかんのんのん秋よ来い

シシ肉が彼岸に到来なんまんだ

風に揺れ主なき庭の鹿の子ユリ

ぼーそーのもーそー
もーそーのぼーそー
ぷち　ぷち　ぷち

曼珠沙華野末《のずえ》に燃えて夏去らず
咲き出づる先は地獄か彼岸花

熊に喰われて大雪山
鹿に喰われて山崩れ

家一つ燃え落ち気づく人もなし

雲昇る見果てた夢よと叔父の声

友の手足　捜し集めて　積乱雲

生き残る夏バクダンで荒れ狂う

人も花も狂い納める芋の月

西暦千九百三十一年生二千十一年没

一等帝国壊滅　利権大国破滅

桜咲く頃出て行って帰らなかった

フーゼル酒鯨肉塩シイラ肝油

失望と安堵と恨み夏の空

火を吐く蛇

切り取る太刀

くるり回る首

爆ぜる火の粉

在所にて

薄ら明かりの中に
遺影達の怪訝な視線
女の子が五人育った跡
間延びする畳と天井
店の間中の間座敷寝屋
階段下に滞留する時間
段の上の暗がり
一人いなくなった子が
二階の小部屋に隠した草紙
納戸の戸に張り付く
大本営戦果の古新聞
襖を障子を開け続ける

部屋に次の部屋が続く
渡り廊下の先は厠か離れか
居間のガラス戸越しに見る宴
嫁いだ娘達連れの婿達
教員技師役人行員
跡取りの嫁は座らない
姉妹は子供達の品定め
座がふと静まる
事に近づき過ぎた
一段低く暗くなる
水の間から土間へ
くどに火が埋もれる
滴が落ちて当たる
つるべ井戸の水面

見えず揺れ続ける
暗い円筒の空間
何かと共鳴し呟く
いわぬ　いえぬ
いえんいわん
わいえん

地史

二つの道があった
一つは海岸を通り
別の島々との交通
交易と諸国の興亡
約定と支配の領域
もう一つは山へ至り
怪異と祖神の隈迫《くまさこ》
岩棚の奥の暗い祭壇
蛇身の山体へと至る
家業は交易だった
何世代かに亘る盛業
粗放な農産品や原料と

都市の工芸品との交換
山地から平野を抜けて
海へと注ぐ河の港街
荷駄の山道を喘ぎ
脊梁《せきりょう》の尾根を越える
左右対称の風景が続く
うねうねと谷を降りる
やがて至る異国
逆さ読みの物言い
予期せぬ激高
予期せぬ合力
蟻の道の上に
こびりつく記憶

スキスマホットライン

手の内の画面
外から来て
ほら内面
ぷちびっくり
もえもえ恐怖
メタメタグラム
怠惰な予定調和
脳電位全面低下
君の未来はこれだ
餃子が浮かびくる
妻が去るまがさす
淵に沈む深みに潜む

チリガマジンガー
クメジンマキジン
てんせんでつながって
二項三項境界溶融
照応消失一項衰弱
全天開放情報系
自縄自縛のエイアイ
淫乱ライン
いらん乱衣
らいららい
らあら
らあららあららあらぁ
らあららあ

丘の南の二人

初夏の終わる頃
街角で出会って
やあやあさよう
帰って行った
城あとの丘
うばの森に
乳飴の木
ちいが森に
のつごわらし
越えれば
赤閻魔午頭天皇
はたまた八面大王

二人で帰って行った
四駆の鶩鳥に乗って

丘の北で凍えて
水路の石に乗る
鴨の数　数えて
木枯らしに鼻水
冬至冬芽因果輪廻放生会
ジャーンヌ
クロオード
どこにいるんだ
どこへ行ったんだ

欄外の記入（3）

桜咲く小春日和のうそ温さ

蝶を見ず蛾も蜂も消え温い秋

凍る茱萸《ぐみ》ガスに巻かれて藪をこぐ

なんか大地震が来るんやないか
やけど今年はもう水鳥が来たで
北の方にはおりたないんやろ

農薬？いやかけとらんよ
草枯らしは使うけどな
農協の店に安いんがある

文字から広告から逃れる
ブランドから精神操作から
妻から自分から

雪に寝て空の淵へと吸い込まれ

花眩し陽も疎ましや若き日に

風さやかお前に帰る郷は無い

笑み笑まい現れ消えて藤の花

視線だけの存在とは何か
明るく見える青が一番深く暗い

急に春になってしまった
青春は美しなんちゅう本もあったな

県庁の時計塔が詰問する言うてな
在所は道の下　四十メートル道路

面影を避け急停車あぶねええ
いにしえもかくあるらしや芋兄さん

あるきなちお

冬
雲間
灰色の
月明かり
人気のない
国道をたどり
行き着く先の
寂れた埠頭で
船に乗れば
母に会える
はずはないけど
かかる当てのない

番号を思い出す
もしもし
はいはいでございます
ああおれおれ
分かりかねます
あんたの息子だよ
子供は皆死にました
おれだってば
あなたも死んだのです
おれだって死んだんです
あんたが死なないはずはない
ええですからおれはおりません
いいよあんたさだっていねえんだから

欄外の記入（4）

空豆と破竹を炙り味噌で酒

鳥の影　卯の花　過ぎし世の形見

どこでどう生き延びてきた卯月鳥

月星は雲に隠れて豆を剝く

ここらでは若い物だけでなく
ほぼ竹となってからも喰う
ま筍を喰うシシの若いのが一番

カエリツクバショハナイ
ハイスイロニウクカレハ

今年はちと遅いが
お帰りホトトギス

北バイパスの向こうで
蛇を喰って血を吐くか

星も鳥も言の葉かげに雨しのぐ

尾根に出る風の若葉に導かれ

風蘭のしるしあやかし迷う道

梅雨下校親おらぬ部屋薄暗く

竹と豆が終われば雨になる
暗闇ニ赤黒ク光ルモノ在リ
鬼の目笑うヤマモモ山盛り

言の種は風に育ち　花衣
手を取り合い逝ってしまった
天を仰げば雲に消える鳥

捨てに来たが捨てられない
ことの重さ喘ぎ汗にまみれ

いつも行方知れぬ分かれ道
地図が古物と気づく夕べ

在るは鬱　去るは寂寞《せきばく》　熊谷草
在ることの憂しと優しと敦盛草

在ることは何の謂かと熊谷草
幼い日雨は嘆きと思い知る

えげつないナルシストたち
盗り尽くし滅びの淵の敦盛草
言葉探しの詩人よりも？

フラッシュバック 3

自分に向かって言う
が　思うのは別の人
という眼差しの前で
宙吊りの幽霊になる
この人が見ているのは
ここと今ではない
昔死んだ子供か
どこかのだれか
それは分からない
ただ自分ではない
という自分が現れる

朝の記憶の記憶

夜遅く
夜明け前
腹の下から
頭の上から
何か声を聞く
言葉が落ちてくる
胸に込み上げる
あの時出来なかった
言い立て名指し抗い
押し込められた
内圧で体勢を保つ
温度はなくとも

隠れた水くる
岩の割れ目に浸透し
岩盤の崩壊が進む
　ある日来る相転移
語彙も構文もない
自己意識は無力で
チックに襲われる
皮膚も脳も痒みで痛い
血が出るまで掻きむしる
眼瞼筋痙攣
音響不耐
偏頭痛
嘔吐

現存在ブルース

転写検閲の後
供給される
絶え間ない
映像と音響
思考は弛緩し
千万の認知の
千万の断片の
粉塵の後ろに
世界はない
欲動惰性態の
中心に麻痺して
立ちつくすのは

寄る辺ない私
たまさか
疑念と惑乱の
小さな火花が
暗がりに散って
異物を照らしても
認識は析出せず
音と画像の
吹雪の中で
知覚の実は消える
欲動の剥片《はくへん》を
沈殿させながら

隣人達 1

新月の夜
白い銀の
猫が踊る
高く跳ねて
低く構え
蛇をてがう
へびつきねこ
みやげにとや
気鬱の我にとや
いじらしや
見上げる眼
さはさておき

おまえにきく
別の世へと
くぐる迫《さこ》みち
隙間はどこ
目は見えず
耳も妖し
二十歳の猫
尾は二つ

身の終わりについて

修辞や比喩なしに
要するにお話なしに
死は存立しない
ほらね
今ここに無いは
死なのか
死者は
生きる者の
話の中で
死者となる
記憶あるいは
共有像の中で

語られる限り
その姿で
ひとときは
あるのか
生きるのか
送られるのか
旅立つのか
世を去るのか
坂を越え
川を渡り
空へと昇り
鳥に啄まれて
神の山へと
二児の父良き夫は

四十九で急死した
無念なのか
だれが　私が
ある娘は
知る限りの
知人の名前を
呼び上げながら
死んでいった
撃ち殺された
無念を記銘して
創出され語られ
死者は生き続ける
ここで　今も

隣人達 2

水路の闇に
近く遠く
亀らが歌う
高く低く
うなりうそむ
うねる音は
もやを呼ぶ
やみうたかめ
猫もその頭を
なめないが
足に靴はない
ニケの衣はない

唄う歌は桜貝
スマホいじり
くらいでは出ない
デリュジオン
まさか君ら
盾を背負った
蛙さんとは
だれが言った

想起と啓示

思い出すのではなく
　現前する心像
身の内に潜む
異物がはじけて
　のう胞から
空虚が浸み出す
異物は他者の手で
　打ち込まれた
ということを
思い出す
　　心臓も脳も
苦い汁と黒い血で

充満し破裂する
かの如く　と
思い出す
田の字の空間
湿田に建てた
高床の下も上も
風の通り抜ける
涼しく寂しい家
百年も経つのに
一人子が育ったのに
絵本も雑誌も玩具もない
そこに幽閉されて
菊菜の唇や
苺のお尻

瓜の垂れ目や
芋のお乳
カマキリの腹や
針金虫
死んだ捨て猫の白い骨
その上に君臨する早産児
であるかの如く
言葉の一つが兆候一単位
思い出し　認識する
かくの如く
欠けるひらめき

日々のたしなみ

出迎えも花束も無し　汚れ雪
なぜと問われ無言の兵士息白し
のどかなる村でナチスを掃討す
妻のため春物衣料を略奪す
日足伸ぶ　拷問すれば皆ナチス
光は春　買い物帰りを撃ち殺す

（二千二十二年二月下旬以降）

雪消道　携帯通話を撃ち殺す

郷貧し　応召し死す　樺　緑陰

妄念が薊を村を踏み潰す

夏草や燃える戦車の下で燃え

戦車捨つ防寒靴を揃え置き

沈まぬ陽　遮蔽を捜す　犬の様に

夏は来ぬ　装備替え無し腐る足

理義偽造　撃たれ伏す血の夏草に

プチプチと嘘の蛆虫　夏の夢

イカヅチよ　嘘吐き止まぬ首一つ

ショア生き延び　薔薇飾る居間　爆殺

（ショア＝ナチスのユダヤ人虐殺）

木陰路　手をつなぐ子は血達磨に

麦稔る　殺して盗るは誉とや

空広し黄金の畑に地雷置く

白樺揺れ　風の瓔珞《ようらく》　集束弾

サソリ星　妄念に打つ式もがな

沈む陽の彼方の国で殺しおり

受刑者を砲火の餌に冬の国

妄念が殺し続けて花還る

ブナ若葉見据えて眠る兵憐れ

若草や眼を閉じずあり兵憐れ

向日葵の四五本群れて無名の死

妄念を糺す民なし　陽の煮える

凍る土　去るも残るも生き延びよ

陽は低く狙撃ぬかるみ遮蔽なし

初冬多雨匍匐《ほふく》ぬかるみ遮蔽なし

千万の非業に死して歳暮れる

暴君の暴に埒なし寒も武器

妄念のおどろの頭凍て落ちよ

冬の獄　密殺されし義人あり

冬牢獄死せる義人をなお怖れ

極寒の獄死御霊《ごりょう》よつきまとえ

黒い土　雪の帷子《かたびら》消えゆけば

おまけ 1 （欧州で流布中の小咄翻案）

大統領が国民学校で講演した
質問の時間にボリスが手を上げる
なぜ栗宮に進軍させたのですか
なぜ我が軍が倉伊那にいるのですか
突然鳴る終業ベル生徒達は校庭へと
休み時間の後ユーリヤが手を上げた
質問が四つあります
なぜ栗宮に進軍させたのですか
なぜ我が軍が倉伊那にいるのですか
なぜ今日は終業ベルが早いのですか
ボリスはどこにいるのですか

おまけ２（朗読可能な具体詩）

ぶちぶちぶちぶち
ぶちぶちぶちぶ血
ぶちぶちぶ血ぶ血
ぶちぶ血ぶ血ぶ血
ぶ血ぶ血ぶ血ぶ血
血血ぶ血ぶ血ぶ血
血血血血ぶ血ぶ血
血血血血血血ぶ血
血血血血血血血血

ちぶちぶちぶちぶ
血ぶちぶちぶちぶ
血ぶ血ぶちぶちぶ
血ぶ血ぶ血ぶちぶ
血ぶ血ぶ血ぶ血ぶ
血ぶ血ぶ血ぶ血血
血ぶ血ぶ血血血血
血ぶ血血血血血血
血血血血血血血血

血血血血血血血血
血血血血血血ぷ血
血血血血ぷ血ぷ血
血血ぷ血ぷ血ぷ血
ぷ血ぷ血ぷ血ぷ血
ぷちぷ血ぷ血ぷ血
ぷちぷちぷ血ぷ血
ぷちぷちぷちぷ血
ぷちぷちぷちぷち

血血血血血血血血
血ぷ血血血血血血
血ぷ血ぷ血血血血
血ぷ血ぷ血ぷ血血
血ぷ血ぷ血ぷ血ぷ
血ぷ血ぷ血ぷちぷ
血ぷ血ぷちぷちぷ
血ぷちぷちぷちぷ
ちぷちぷちぷちぷ

朗読のヒント：ぷ＝p（弱音）又はpu
ち＝tch（弱音）又はti
血＝tji又はdʒi

かたるなの

通学路と逆方向
お宮の裏　丘の上
隠れ家のある窪地に
秘密の名前をつけた
空と混じり合う葉末
照葉樹と蔓の揺り籠
七節と甲虫と立羽蝶
人が宮の名を言えば
密かにその名を思う
丘は古墳とされた
薄ら暗い窪地は
奥津城だった

のだろうか
名を言うのでなく
名付けるという
ひそかな悦楽
反逆の予感

沈んだ岬
隆起する磯
しかの浦
しししか島
夜の森
四十万《しじま》
名を言えば
広がるのは

枯れ野でも浜でもない
人の集まりがなければ
名前は要らない
物でも土地でも
人の知らない名を
隠し持つこと
牛飼いの後から行く
呼ぶ人のい無い土地
応急仮設の名辞
にぎたらべかめる
えふいんちにせけち
墓は言い立てるな

欄外の記入（5）

底見えぬ怖れ湧き来る花の雨

花に雨　記憶の痛さ　さんいちいち

花の雨　ジョーンバエズの声を聞く

スイス気象局発表拡散予測
もう終わりだミヒャエル
ただちにどうかなるでなし

忘れさせ　なかった事に春の雨
傘さして無事のつもりの春の雨
ただちにどうかなるでなし

雨とそよ風の中に百万人千万人？
ふるむプルム　プルトニウム
ただちにどうかなるでなし

禍事《まがごと》の微かな気配　花に雨

厳冬と飢餓の名残の四月馬鹿

断ち切れと呼ぶ声がする復活祭

去らぬ冬いびり出すとて四月馬鹿

逃れ　育て　巣立つ子供ら　花の風

ただちにどうかなるまで
待てば回避の日よりなし

軽い気体の爆発
核爆発

離断する勇気　判断のげんこつ

父よ母よ自分になるを許されよ

四月の残酷

フラッシュバック4

何ヶ月か経った
手足が冷え凍える
雨が止まぬ放課後
坪庭の水盤が溢れ
乾いたフナの死骸が
落ちずに縁で揺れる
忘れられたいけにえ
夏の終わりは唐突
置き去りにされた
靴　ノート　帽子
見える物の無意味

欄外の記入（6）

夜の方へうつむく大地　残る柿

早暮れて豆腐のネギが見つからぬ

灯・ともし　部屋はがらんと火の恋し

グリフォサートで天の園が枯れて
死んだ葉が降る野山を埋め尽くし

自転公転　土天海冥　岩に波が轟
木守りに　夕陽当たりて　金管音
しぐれ来るももひき捜して菜園へ

冬　地球は薄目で上から目線
取り壊された家の間取り
そこにあったはずの集い
いたはずの自分を思い出せない

スルメ裂く　酒を温めて何はとも
気はこごり　ほけ立つ堆肥　蕪大根
声ヲカケル人モ減ッタ　酒温し
酒温し　達者でいますか父母よ

そこがどこか一瞬分からない
パズルの様に今ここになる

我に返る儀式
君の前で我に戻る
戻れなくなる未来は当面保留

ミクロビオームのおかげさま
土も身も微生物の巨大群落
共に生き　死して他を利する

共に生きこえかけあって根が太る
身が温もると誰でも話し相手

この人もあの人も伽　寒の酒

寒雀　始め終わりの時はなし

いないことが多かった
いないからいるように出で来る
いや　いないことがいることかと
父親には苦みばかりで忸怩《じくじ》くと

皆自分より若くなって出る
眠ったら会おうぜ

新春ちや　遙かに遠い春の風
新旧正月立春節分
墓の中で寝返りを打つ
サンクトゥス・ワレンティヌス

するとする

山車の木偶を納める櫃　読める？
だしのでくをおさめるひつ　はは
すると里が恋しいので時雨れる
ヒヨドリがけたたましく羽ばたく
すると枝に刺した蜜柑が腐るので
ムクドリを追い払う
するとちゃぶ台にまーさんが
頬杖をついてご意見番
ちょうなで自分のすねを削る御仁
塩ニラを肴にビールを飲めば
自己嫌悪は競輪より確実
すると南方で戦争を生き延びた男は

通行人を襲う隣家の犬を叩き伏せる
すると長いゴムの伸びる果てに
白いはっぴ白い帽子白いシーツ
気がつくと見下ろす顔が見える
ああまたいなくなると老女
こうやって死ぬんじゃと壮年
すると医師夫妻が祈り始める
すると母親が絵本を取り出す
するとアムンゼンが旗を振る
すると腹が減って泣き出す
すると池の向こうから投石
するするとはらわたをあらう
余生の始まり

生育歴

用事も無いのに
紙に書きつける
頭の中でわめく
おれわたしぼく
ほら何かが出る
ホログラムの様に
わたしは見る
おれは夢見る
あのここのころ
こころころここ
あれおれわれ
してきしたい

しょーしゅーしょ
のーごう
のーしょう
しゅうさん
しかいふめい
あっぷあぷん
あぷーんすぷん
いみふよのー
ゆびさしかくにん
にゃんこ
組み替え刷り込み
かきかく
かきくう
かいくう

かいうえ
あきうえことば
指で刺す脳豆腐
から取り出す
ことばむし
すんどめ
ぴん

われあるゆえ

自分の言葉で繭を作って
その中でこそ自分でいる
ことができる　なんて
ほんとに本気かな
君のものでしかない
言葉ってあるのかな
君のものでしかない
言葉は誰にもわからない
言葉は根から花実まで全部
みんなのものでしかない
貴方が考えるのも口にするのも
俗に言う日本語とやらの一種で

それは貴方が生まれた時に
周りの皆がしゃべっていた
それだけの理由で君は今
その言葉で考え人と話す
その言葉がわかる人々の間で

異言語の中に暮らすと
人々の集まり方が変化し
互いのやり取りが変わり
人々から送り返される
自分の姿も変容する

言葉に関わるとは
不可避かつ全面的に
人々と共にあること
何か言うことを想うだけで

他の人への向き合いが兆す
繭の中の自分だけでいる自分も
だれかにそのように見て欲しい
ちょうど幼児がころんで泣こうか
泣くまいか微妙な表情でいる時
見知らぬ老人の前では泣かない
悲壮な面持ちでとことこ去る
でママが見えると泣き爆発
わかって欲しいその人の姿は
繭の中の自分に仕込まれる
一人だけで自分自身と過ごす
そこで言葉が析出するかのように
まるで言葉が取り憑くかのように
取り憑くのは自分にではない

自分が何かに取り憑くのではない
自分自身と過ごすには練習が要る
名宛ての自分の姿をでっちあげる
別に特別なことではない
近代的自我とやらは
キムラヤの餡パンほど
生態環境に適合的でない
自分と宇宙の間には
当てにされた共有域がある
ヒトはそれを言葉で作る
社会とかハムレットとか
自分の前に人々の集まりがある
で　どうしましょう

海綿状想起困難症

もう無くなった土地ですが
　埋まっているんです
あちこちに　だいたい
区画整理前の道沿いです
仮死状態のわたしらがね
　言葉をかけてやると
ふっと立ち現れて微笑んで
花咲くように伸び上がって
　浮いていきます空へ
　何という言葉かは
すぐにはわかりません
　雛のお尻だったり

花のおへそだったり
　メタセコイアとか
ミカンの木に釘だとか
高宮浄水場なんてのも
しばらくその辺にいて
嬉しそうに流れながら
薄れていくのもあります
パチンと手を叩くのも
　お相撲さんみたいに

千の風ですかあ
いや万の水子ですね
生きられなかった時間の
検閲された記憶

フラッシュバック 5

少女は私を見つめた
思い詰めた様子に
当惑してたずねる
どうしたの
目を伏せて言う
おしっこいきたいの
おうちでしてきたのにまた
口を尖らせ目を閉じる
困惑は羞恥へと変わり
いとおしさに消える
そこの左だよ
やれやれ

通過儀礼

空襲のバクダン池が残る
田と水路の間にぽつんと
木造平屋の古びた貸家
六畳間と三畳と台所
入り口はタタキの土間
祖父母と暮らす少年は
戸の前に子犬を見つけた
捨てられて辿り着いたか
箱に古布を敷いて入れた
手のひらの水を舐め
ふにふにと泣いた
翌朝子犬がいない

じじが池に沈めたと婆
水面は静かで水草が見えた
足を滑らせると引きずり込まれる
という池の底には何か分からない物
猫の骨や大口の魚や死んだ赤ん坊や
死に損なった男の眼鏡爆弾の破片
破り捨てられた女学生宛ての文
まことしやかな大人達の噂話
ある日少年は突然理解した
その時から子犬は池の底に
じじと並んで沈んでいる
池も田も貸家も埋めて
賃貸住宅ビルが建つ

あるときはまた
疎林《そりん》を行く
ヤマブドウの
房が下がる
粒は青く光る
瑠璃の数珠玉
触れては変える
わらしの仕業
妹を失って
森の奥へ
岩の峰へ
夜も日も
駆け回り

宙に浮かぶ
樹霊に問う
黄泉《よみ》の戸はどこか
りりえはどこに
お前の耳お前の口
わしのケツ穴は
宿屋杉の股穴
正にその穴こそ
耳の中のウタキ
のろのゆたく
口をたたく
温く暗い
喉の穴

のちの輪舞

木々の下に流れ
藻の花が浮く
とまる糸トンボ

水はよどみなく
沈みながら歌う
キクチサヨコ

遅刻を気にしながら
岸辺で草の茎を抜く
輪にして花を束ねる

水はよどみなく
流れながら眠る
かすみスミレ

隣の席の子は羊
後ろの子は山羊
千草色のブラウス
玉飾りのカーディガン

水はよどみなく
歌いながら沈む

おまえの手は
死人の様に

冷たかった

水はよどみなく
沈みながら
眠りながら

すぎゆくとき

戦時の強制志願と
瓦解《がかい》後の放埒《ほうらつ》とを
生き延びた青年は
脊梁《せきりょう》の山道を行く
父祖の往来の街道
鉱山跡を過ぎ
峠の上に夏雲
落ち葉の間に
空を映して光る
何か鉱物の結晶
鮮やかな線と面
熱と力の生成物

百万年と百年との
災厄の遺物でもある
あてもなく拾う
背嚢に入れて忘れる
集落解体の時期に
石は少年の手に
強制志願の進学
生還者の形見は
本棚に忘れられ
撤収時に所在不明
次の災厄の後で
人と言葉は
生き残るか

壊疽《えそ》の前奏曲へのコーダ

気ままに繁る前栽《ぜんさい》
廃屋に小さな火影《ほかげ》
群れ集う影の陰
主のない瑠璃《るり》の杯
宙に浮く空の皿
楽の音はしめやかに
ひたぶるにうら哀し
さあさのもおよ
おちめちこのち
採りたて熟れち

キママニシゲルセンザイ
ハイオクニチイサナホカゲ
ムレツドウカゲノカゲ
ヌシノナイルリノハイ
チュウニウクカラノサラ
ガクノネハシメヤカニ
ヒタブルニウラカナシ
サアサノモウヨ
オチメチコノチ
トリタテウレチ

暮れ六つの情景　1

お前の首がほしい
と　その子は言った
このそっ首で良ければ
くれてやるが何にする
くろかみ沢なる枯れ泉
ヌシのミツチの贄《にえ》とする
けんど首は惜しいでな
そらこれをやらあよ
いなたま様の神楽面
ねんごろに抱いてたもれ

暮れ六つの情景 2

たそかれのうすらやみに
うかびくるめわらべあり
おみなごにとうていう
そのめんをなんとする
これはめんではありませぬ
よやみがとくいたれば
こはうつつのかおとなる
しておぬしはなにものぞ
ほたるびのとびまどう
こけまるたにのおくが
のつごらのまもりめ

花を献げる

終わる梅雨雲は解けて
ただよう　小さな鳥影
死者を導くのか　遠く
消える　影の跡を追う

笑み来たり去る笑まい
共に語る　時の移ろい
生い立つ言の葉の園に
ゆれる風のユリは一人

薄れゆく命生きて
眼差しのなお涼し

集め束ね紡ぐ人よ
さやけしやその姿
猛る夏　陽射しの奥
深く昏く　空の無言

かぜの　ユリは　ひとり　ゆれる
ユリは　ひとり　ゆれる　かぜの
ひとり　ゆれる　かぜの　ユリは
ゆれる　かぜの　ユリは　ひとり

ある技師の死

親にもらった名前の通り
楚々と笑うシチーボーイ
実は歴とした環境技術者
あの地震に続く核事故の
報道直後に展開を見通し
首都滞在中の妻や知人に
即時退去をいち早く勧告
混乱に頭一つ先行できた

帰宅困難とか言われた頃
西行き新幹線のホームでは
多数の母子が目撃された

知らされた人達だった

口癖は棒読みの土佐言葉
ああそうながや
嗚呼ソウナガヨ
邪悪な風にあたったのか
難儀な病に侵されていた
梅雨明けの空の下
故郷の街にタバコを
買いに出たまま
戻ってこなかった

あとがき

二千二十三年七月の二十四日に国光ゆかり氏が、同二十七日に国光清氏が相次いで逝去された。本詩集は、前著『じこのたんきゅう』（二千二十二年）以降の作品を収録しており、近作の幾つかは、お二人の思い出と結びついている。

国光ゆかり氏は、南の風社から刊行した拙著の詩集五点他一点の編集を担当された。的確な指摘と柔軟な提案に助けられた。また筆者がここ数年来実施している朗読会に対して援助の労を惜しまれなかった。そのことについても感謝の念に堪えない。氏はさらに、社会の様々な分野で連携を志す者達を「集め束ね」自ら「紡

ぐ人」であった。その貢献には公的な評価と敬意がふさわしいことを申し添える。夫君の清氏は飄々とした物腰の技術者で、我々にとっても、他に代えがたい同行者だった。お二人に末尾の二作品を献げる。

個々に明記しないが、今回も俳誌『梨花』掲載の拙句から、部分的に改訂しまた新規のテクストに組み込んで収録した。主宰の山本呆斎氏に深く感謝する。同じく今回も素敵な挿絵をいただいた楠瀬葉子氏に心より感謝する。

詩集　記憶と啓示

著　者　諸井　朗

発行日　二〇二四年七月十一日

発行所　(株)南の風社
〒七八〇-八〇四〇
高知市神田東赤坂二六〇七-七二
TEL〇八八-八三四-一四八八
FAX〇八八-八三四-五七八三
E-mail edit@minaminokaze.co.jp
https://www.minaminokaze.co.jp